UM BOM SUSTO

MARIA L. LOPES

DANIELA FRONGIA

Um Bom Susto

No fundo do mar com água azul, Eddie o golfinho, nada e pensa:

"Que dia lindo! Vou convidar Bella para brincar."

Bella é uma tartaruga marinha e melhor amiga de Eddie.

"Bella, Bella", chamou Eddie. "Você gostaria de brincar comigo?"

"Sim, nós podemos brincar de esconder no parque dos navios naufragados." Bella respondeu.

Bella sempre se esconde atrás das pedras, é o lugar favorito dela. Eddie sabe o lugar onde Bella se esconde, mas finge não saber de nada.

4

"Eddie, não espia. Eu estou ainda procurando um lugar para esconder. Continue contando!"

5

"Bella, eu prometo não espiar. Onde é que eu estava? Me lembrei! Oito, nove, dez... Estou indo, pronta ou não."

Eddie começou a procurar por Bella, e viu algo esquisito.
"Aaaah, fantasma, fantasma!" Gritou Eddie.

Bella continuou escondida porque pensou que era outra brincadeira de Eddie, que continuou gritando. Bella decidiu ver o que estava acontecendo.

Ela chegou perto do amigo, o qual estava com os olhos arregalados em choque olhando em direção do navio naufragado.

"Onde está o fantasma?" perguntou Bella.

"Onde? Laaaaaaa!" respondeu Eddie.

"Onde está?" Bella perguntou onde, olhando para os lados.

"Atrás de você." Eddie falou baixinho.

"Atrás de mim?"

Bella olhou para trás, teve um grande susto e começou a gritar também. "Aaaah! Fantasma! Fantasma!"

Eddie e Bella começaram a tremer, e foi quando eles ouviram uma voz baixinha dizendo: "Me desculpe se eu assustei vocês. Eu nao sou um fantasma.

Meu nome é Tina, e eu sou uma baleia branca."

"De onde você veio?" perguntou Eddie.

"Eu vim do Pólo Norte onde eles me chamam de baleia fantasma, porque sou toda branca." explicou Tina. Eddie nadou mais perto.

Nós nunca vimos uma baleia branca antes.

Você quase nos matou de susto." Falou Eddie. O que você está fazendo aqui?" perguntou Eddie.

"Eu me separei da minha família e me perdi." explicou Tina.

"Eu tenho nadado e viajado por alguns dias."Tina explicou para Eddie e Bella.

"Você está assustada por estar sozinha e longe de sua família?" perguntou Eddie.

"Sim, eu estou." falou Tina.

Eddie sentiu pena da baleinha e falou: "Não se preocupe, nós vamos ajudar você a encontrar sua familia."

"Obrigada por estar me ajudando. Todos que eu encontrei até agora tem corrido de medo de mim." explicou Tina.

"Sim, nós ficamos com medo de você também da primeira vez, mas agora nós não temos mais medo. Porque vocé é diferente não quer dizer que não é uma pessoa amiga." falou Eddie.

"Como vocês vão me ajudar a encontrar minha família Eddie?" perguntou Tina.

"Bem, eu penso que a melhor coisa a se fazer é perguntar para Rosie, a arraia. Ela é muito sábia e conhece essa parte do oceano muito bem.

Ela vai saber o que fazer."

Tina não ficou feliz quando ouviu a resposta de Eddie.

"A arraia?" Oh não! Eu ouvi falar que elas são perigosas. Eu acho melhor esperar aqui."

Coitada da Tina, nunca viu uma arraia antes e ela está com medo de Rosie.

Eddie convenceu Tina que Rosie não vai machucá-la e Tina finalmente concordou em visitar a arraia.

Os três amigos nadaram por alguns dias até chegarem onde Rosie mora.

Eddie chegou perto da casa de Rosie e chamou por ela: "Rosie, Rosie."

"Eddie, Bella, como é bom ver vocês aqui." falou Rosie. "O que trouxe vocês aqui?"

"Nós viemos por causa de nossa amiga Tina. Ela se perdeu da familia."

"Você pode por favor ajudar a encontrar minha familia?" perguntou Tina.

14

"Como foi que você se perdeu?" perguntou Rosie.

"Eu estava procurando algo para comer quando percebi que tinha nadado muito longe da minha família."

Rosie ficou em silêncio por um momento e falou: "Eu ouvi falar que baleia gosta de música."

"Eu sei o que fazer, mas preciso da ajuda de todos." falou Rosie.

"Nós vamos mandar recado através da música para a família de Tina." explicou Rosie.

"Através da música? Oh! Que ideia maravilhosa!" falou Eddie.

"Vamos ver o que podemos achar e usar para fazer instrumentos musicais." falou Rosie.

Bella achou algumas ostras vazias e usou como triângulos.

Tina achou garrafas velhas e encheu com pedrinhas.

Eddie achou um barril e fez um bumbo.

Rosie achou um pedaço de coral e fez uma flauta.

17

Eles começaram a tocar música, o barulho ficou tão alto que podiam ser ouvidos à quilômetros de distância.

A música era ouvida por outros peixes, que passavam o recado de peixe para peixe até chegar na família de Tina.

19

Tina viu algo branco vindo em sua direção.

"Lá! Lá!" gritou Tina. Minha família está vindo."

"Obrigado a todos! Venham me visitar no Pólo Norte." falou Tina.

Os amigos de Tina acenaram até ela desaparecer devagarinho nas águas azuis do oceano.

Eddie, Rosie e Bella vão para casa, nadando and cantarolando uma linda melodia que eles inventaram para salvar a baleinha amiga.

Outros títulos dos livros escrito pela autora Maria L. Lopes

Que Cor e' Essa?

Que Cor e' Essa? é ideal para reforçar cores, introduzir palavras e reconhecer habilidade em crianças de 3-6 anos de idade. Recomendado para criança que está se alfabetizando ler sozinha.
Todas as páginas do livro são acompanhadas com figuras, palavras, objetos e cores que começam com a mesma letra do alfabeto.

Floresta Tropical Animais

Floresta Tropical Animais, vai trazer o leitor mais perto dos animaid da floresta tropical que estão em risco de extinção por cauda da perda do seu hábitat.

Oliver o Navegador

Quando Oliver foi passar o dia com o avô na praia. Ele não esperava que o navio naufragado na beira da praia poderia levá-lo à uma grande aventura.

Viagem Maravilhosa!

Eddie o golfinho e sua amiga Bella a tartaruga marinha, embarcaram em uma grande aventura para reencontrar-se com a amiga deles, Tina a baleinha branca do Pólo Norte.

Made in the USA
Lexington, KY
07 July 2014